たぬきがくるよ

作 高科正信　絵 寺門孝之

BL出版

もくじ

どんぐりころりん

そらがうんとたかい、あきのおわりのことでした。おにいちゃんが　どんぐりのおもちゃをもってかえってきて、わかばに見《み》せびらかしました。

「いいだろ」

おにいちゃんのはなのあなが、まあるくふくらみました。

「いいなあ、おにいちゃん。どうしたの」

「こうさくのじかんにつくったんだ。五色山《ごしきやま》こうえんへ、どんぐりひろいにいってね」

おにいちゃんは四《よ》ねんせいで、わかばは一《いち》ねんせい。五《ご》色山《しきやま》こうえんは　がっこうのうらにあります。

「いいなあ、どんぐりひろい」

「これがこまで、こっちがやじろべえ」

さわるなよといって、おにいちゃんは　じぶんのつくえにならべました。

「見《み》てろ」

どんぐりのこまが、たったったったっと、はしるように、げん気《き》よくまわりました。それから、からだをねかせてまわったあと、しずかにとまりました。

「いいなあ、こま」

「ふふ。やじろべえはもっといいぞ」

やじろべえは、まるくて大《おお》きいどんぐりに、たけひごのうでが二本《にほん》、ゆみのかたちにのびている　おもちゃです。

うでのさきには、小《ちい》さなどんぐりがついています。

おにいちゃんは、ひとさし指《ゆび》のはらに　やじろべえをのせました。そして小《ちい》さなどんぐりを、そっとつきました。

やじろべえが右《みぎ》に左《ひだり》にゆれました。ゆらんゆらんとゆれるのに、やじろべえは指《ゆび》からはおちませんでした。

「ほしいだろ、やじろべえ」

わかばのこころのなかをのぞいたように、おにいちゃんがいいました。

「ほしい。ほしいほしい」

そしたらおにいちゃんは、やじろべえを、つくえにもどしていいました。

「あーげ、ない」

「おにいちゃんのいじわる」

「おもちゃは、じぶんでつくるから　たのしいんじゃないか。ひとがつくったものをもらったって、つまんないぞ」

「じゃあ、わたしもつくる。どんぐりちょうだい、おにいちゃん」

「だからな、わかば。もらうんじゃないの。どんぐりは、ひろいあつめるの」

「じゃあ、ひろいあつめる」

「ひろいあつめても、つくるのはむりだよ」

「むりじゃないもん。つくれるもん」

わかばはしたくちびるを　むっとめくりました。そしたら、したまぶたに、なみだがすこしたまりました。

「わかったよ、わかば。手《て》つだってやるよ」

「ほんと？　おにいちゃん」

「ああ。そのかわり、さいごまでつくれよ」

「うん。さいごまで、つくる」

わかばはげん気《き》よくいって、手《て》のこうで目《め》のしたをこすりました。

日《にち》よう日《び》のあさはやく、わかばとおにいちゃんはリュックサックをしょって、どんぐりひろいにでかけました。

もくてきの五色山《ごしきやま》こうえんは、がっこうのうらの、おちゃわんをふせたような小《ちい》さなおかにあり、のぼると海《うみ》が見《み》えました。わかばも　なんどかのぼったことがありましたが、どんぐりひろいをしたことはありません。

ひと足《あし》すすむごとに、わかばのわくわくする気《き》もちもふくらみました。どんぐりをたくさんひろって、こまもやじろべえも、おにいちゃんみたいにつくるんだ。そうおもっていると、なんだか　うたいたい気《き》もちになりました。

「どんぐりころりん、こんころりん。

ころりんくるりん、どんぐりこ」
「へんなうた」
「へんじゃないもん、どんぐりこ。ころりんくるりん、こんころりん」

わかばがスキップしながらうたったら、おにいちゃんがたちどまっていいました。
「とまれ、わかば。ここ」

おにいちゃんが指《ゆび》さしたのは、石《いし》づくりのとりいでした。おにいちゃんはまっすぐ、とりいのむこうに見《み》える　一本《いっぽん》の木《き》にむかってあるいていきました。

わかばも　あとにつづきます。さくさくさくと、おちばがかわいた音《おと》をたてました。

「これがクヌギのはっぱだよ」

おにいちゃんが赤《あか》いはっぱをひろいました。

ほそながくって　ギザギザのはっぱです。

「どんぐり、おちてないかな……」

と、おにいちゃんがいいかけたとき、
わかばは　どんぐりを見《み》つけました。

「あった」

「これはだめだよ。見《み》てごらん。

ほら、あながあいてるだろ。

虫《むし》くいどんぐりさ」

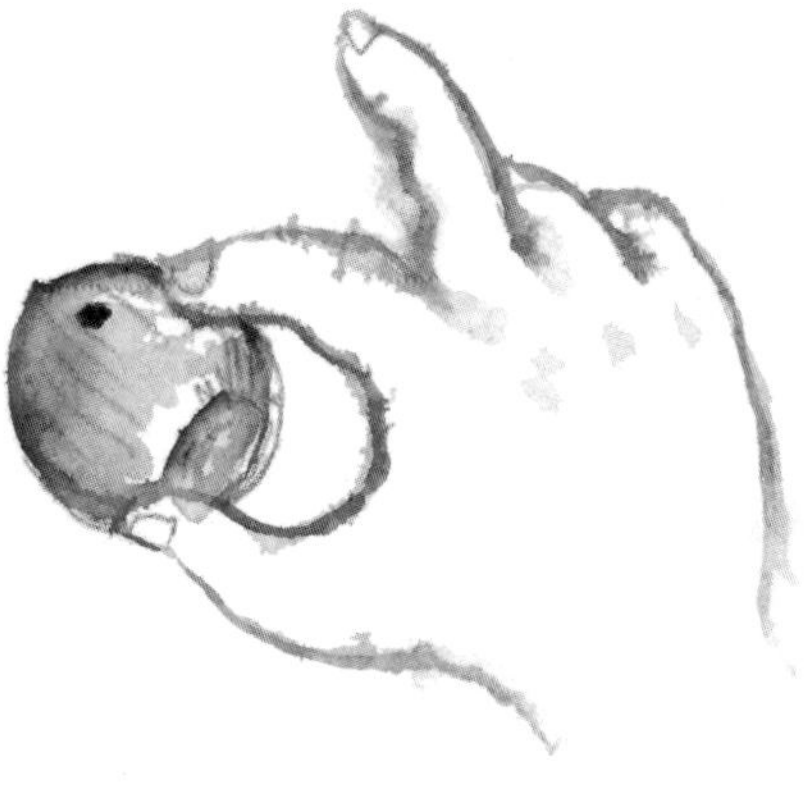

どんぐりをよく見《み》ると、小《ちい》さなあながあいていました。

「虫《むし》くい？」

「そう、虫《むし》くい。なかに、シギゾウムシのよう虫《ちゅう》がいるんだ。いつまでももってたら、むくむくでてくるぞ、ゾウムシが」

おにいちゃんは　うでをゾウのはなみたいに　ぶらんぶらんさせて、わかばをおどかしました。

「ひゃっ」

といって、わかばは　虫《むし》くいどんぐりをなげすてました。

小《ちい》さなあなのなかから、ゾウみたいなはなをした虫《むし》がでてくる……そうおもっただけで、わかばは　ちぢみあがりました。

クヌギのどんぐりは虫《むし》くいばかりで、あなあきでないのは三《みっ》つだけでした。コナラとマテバシイのどんぐりも見《み》つけました。

そのあと、わかばたちは　さかみちをのぼり、もくてきちへむかうことにしました。そらはどこまでもあおく、気《き》もちのいいかぜがふいていました。

五色山《ごしきやま》こうえんには、とってもおきのどんぐりがある、とおにいちゃんがいいました。

「とってもおき？」

「とってもおきさ。たべられるんだからな」

「たべられるの、どんぐりって」

「スダジイやツブラジイのどんぐりは、しぶくないんだ。フライパンでいってたべると、おいしいぞ。がっこうでたべたんだからな」

「いいなあ、わたしもたべてみたい」

「くりは、どんぐりのなかで　いちばんおいしいんだ」

「おにいちゃんは　ものしりはかせだね」

「ふふ。そうでもないさ」

おにいちゃんはちょっと　とくいげにわらい、ついたぞ、
といいました。

木《こ》だちがとぎれ、目《め》のまえにひらけたところが　五色山《ごしきやま》
こうえんでした。

「わあい、ついた、ついた」

わかばはおもわず　りょう手《て》をあげました。こうえんには　まだだれもいません。

「そらも海《うみ》もあおくって、いいなあ」

おにいちゃんはハンカチであせをぬぐい、大《おお》きくのびをしました。リュックサックから水《すい》とうをとりだすと、おちゃをのみました。のどが、とくとくなみをうちました。

わかばは　おちゃよりもまず、どんぐりです。おもちゃをつくるんだし、とっておきのどんぐりをたべたいです。

「とっておき、とっておき。

どんぐりころりん、とっておき」

うたいながら、あたりをさがしました。

けれど、いくらさがしても、たべるとおいしいどんぐりは見《み》つかりません。

「おかしいなあ。だれかがさきにひろっちゃったのかしら」

右《みぎ》に左《ひだり》に、ちゅういぶかく　さがしました。

「そこにひとつ、おちてるぞ」

と、おにいちゃんが　すこしさきを指《ゆび》さしました。

「わたしがひろう」

いうよりはやく、わかばはかけだしました。そしてじめんをけったとたん、ふっ、と力《ちから》がぬけるのをかんじました。

わかばのからだはゆっくり大《おお》きく、くるりんころりん、ころがっていきました――。

気《き》がつくと、赤《あか》や　き色《いろ》のおちばのうえに、わかばはぺたんとすわりこんでいました。どうやら、おちばがクッションになったようです。

そうっとあたりを見《み》まわしました。

せのひくいテーブルと、きりかぶでつくったいすがありました。だんろには火《ひ》がもえていて、かざりだなにはしょっきがならんでいました。

わかばは、かべに　どんぐりの絵《え》がかざってあるのを見《み》つけました。

「どんぐりの絵《え》だなんて、かわったしゅみ」

ひとりごとのようにいいました。そしたら、せなかでこえがしました。

「おいらがかいたのさ」

わかばは　おもわずふりむきました。

そこにいたのは　りすでした。うしろ足《あし》でたって、わかばのかたくらいの大《おお》きさでした。

「ところで、だれかな、あんた」

りすは　ふといしっぽを　ひとふりしました。

「わ、わたし、わかば」

ごくりとつばをのみこんで　こたえました。

「へえ、わかばってのか。おいら、ゲルベゾルテだ。ゲルべってよんでくれ。よろしくな」

りすは耳《みみ》のうしろを　かりこりとかきました。

「で、わかばは　おいらのおきゃくさんかい」

「うん」

りすにあいにきたわけではありませんでしたが、わかばは　こっくりうなずきました。

「それじゃあ、おちゃとおやつをださなくっちゃな。まってろ」

ゲルべはにっこりしました。

そして、手《て》を口《くち》にいれました。

ほっぺたが　ぷっくりふくらみました。

「これ、おいらがあつめた、とっておきのどんぐりだ。うまいぞ。おやつにしよう」

りすは口《くち》からとりだしたどんぐりを、ほら　とわかばにさしだしました。

たしかにわかばは、さっきのさっきまで、とっておきのどんぐりを見《み》つけてたべたい、とおもっていました。おもっていましたが、おやつがでてきたのは、りすの口《くち》のなかから、でした。

「わ、わたし、おなかがいっぱいなんです。だから、おちゃだけ　いただくことにします」

わかばは　はんぽうしろへさがり、りすをおこらせないよう、ていねいにことわりました。
「そうか、そりゃざんねんだ。こうえんじゅうをかけまわってあつめた　スダジイなのにな。こいつはとびきりうまいんだぞ」
りすはどんぐりを　ほおぶくろにもどしました。どうりで、こうえんに　どんぐりがおちていなかったわけです。
「おいら、もうじきふゆごもりするんだ。おちばのベッドもつくったし、どんぐりもたっぷりあつめた。そのまえにわかばとあえてよかったな。ゆっくり　おちゃをのんでってくれ」

ゲルベは　いって、耳《みみ》のうしろをかりこりとかきました。それから　しょっきだなにむかうと、おちゃのしたくをはじめました。

口《くち》からしょっきがでてこなかったので、わかばは　ほっとしました。わかばは　すすめられるまま、いすにこしかけ、おちゃがはいるのをまちました。りすのいえで　おちゃをごちそうになるなんて、ふしぎな気《き》がしました。

ゲルベのいれてくれたおちゃは、タンポポのねっこをかわかしてつくったものでした。クッキーも　ゲルベがやいたそうです。どんぐりをこなにしてやいたんだと、ひげをひくひくうごかして　ゲルベはいいました。

タンポポちゃは、ふかいあきの色《いろ》をしていて、日《ひ》なたのにおいがしました。

わかばはおちゃのおかわりをしました。

ゲルベはよろこんでおちゃをいれ、じぶんは　ほおぶくろのどんぐりをいちどだしてから、かりぽりかりとたべました。あんまりおいしそうにたべるので、わかばも　ほしくなったほどでした。

てんじょうのあかりとりからは、あきの日《ひ》ざしが　やわらかにふりそそぎます。

あくびがひとつ、でました。ふあああ、あ。

だんだん　まぶたがおもくなりました。ゲルベのこえがとおくとおくきこえます……。

「おい、わかば。だいじょうぶか、わかば」

かたを小《ちい》さくゆすられました。それはゲルベのこえではありませんでした。

「……おにいちゃん。ここは？」

「五色山《ごしきやま》こうえん。けがはしてないか」

「ころりんくるりんしたけど、おちばのクッションがあったから」

「あわてて　ひろおうとしたからだぞ」

「どんぐりはみんな、ゲルベがひろっちゃってたの」

「なにわけのわかんないこといっててんだよ。やっぱり、どこかをうったのかもな」

おにいちゃんは、わかばのあたまをしらべました。わかばは目《め》だけうごかして、ゲルベのいえはどのあたりかな、とおもいました。

やわらかなあきの日《ひ》ざしが　あたりいちめんに、ゆらりゆらり、とふりそそいでいました。

「だいじょうぶだよ、おにいちゃん。はじめはちょっと

びっくりしたけどね」

わかばは　いってたちあがりました。

「あのさ。さっきの、ゲルべがどうとかって、なんのことさ」

「なんでもない」

「なんか、あやしい」

「なんでもないって」

わかばは　くつのつまさきで、おちばをそっとなでました。

いえにかえってリュックサックをあけたら、ひろったはずのないスダジイやおちばが、ふくろからたくさんでてきました。きっと、ゲルベがおみやげにくれたんだ、とおもいます。

つぎのはるがやってきて、ゲルベがふゆごもりからさめたら、またあいたいな。そしたら、どんぐりのおもちゃをプレゼントするんだ。それで、タン

ポポのおちゃと　どんぐりのクッキーをごちそうしてもらうんだ。

わかばは　色《いろ》えんぴつをつかって絵《え》をかきました。もちろん、どんぐりの絵《え》です。赤《あか》とき色《いろ》のおちばもそえました。

だけど、ゲルべのように　じょうずにはかけませんでした。

わかばは耳《みみ》のうしろを、かりこりかり、とかきました。

そしてほっぺたを、ぷうっ、とふくらませてみました。

たこすべりだい

　わかばがいつもあそぶこうえんには、たこのかたちをしたすべりだいがあります。足《あし》をでんとひろげていて、それは小《ちい》さな山《やま》のようでした。八本《はっぽん》の足《あし》のはんぶんはかいだんで、のこりがすべるところでした。

たこすべりだいをすべったことがあるものなら、だれでもしっていることですが、足《あし》がうにょうにょおどっているので、なみくぐりの気《き》ぶんがします。

すべりおりるとき、からだがいっしゅん、ふわっ、とうきます。おもわず、ひゃっほー！　とさけんでしまいます。

けれど、たこすべりだいをつかっているのは、たいてい、大《おお》きい子《こ》たちです。そのなかにはおにいちゃんもいます。

わかばたち一《いち》ねんせいは、いいなあとおもいながら　ぶらんこにこしかけて、じぶんたちのばんがはやくこないかと、まっているばかりでした。

ある日《ひ》、わかばは　けっしんしました。きょうこそすべろう、おもいきりすべろう。がっこうにいるあいだじゅう、百《ひゃっ》かいも二《に》百《ひゃっ》かいも口《くち》のなかでいいました。

ですから、がっこうがおわると、ててえっとはしってかえりました。

「ただいま」

といってランドセルを

げんかんにおいて、

「あそんでくる」
と、またはしりました。気《き》もちのいいかぜが、
わかばのせなかをおしてくれました。
たったたったはしって、こうえんにつきました。
むねのところが、どくどくどくんと、
たいこをたたいているみたいでした。
こうえんには、まだ　だれもきていませんでした。
たこすべりだいが八本《はっぽん》の足《あし》を大《おお》きくひろげ、
わかばがくるのを　まってくれていました。

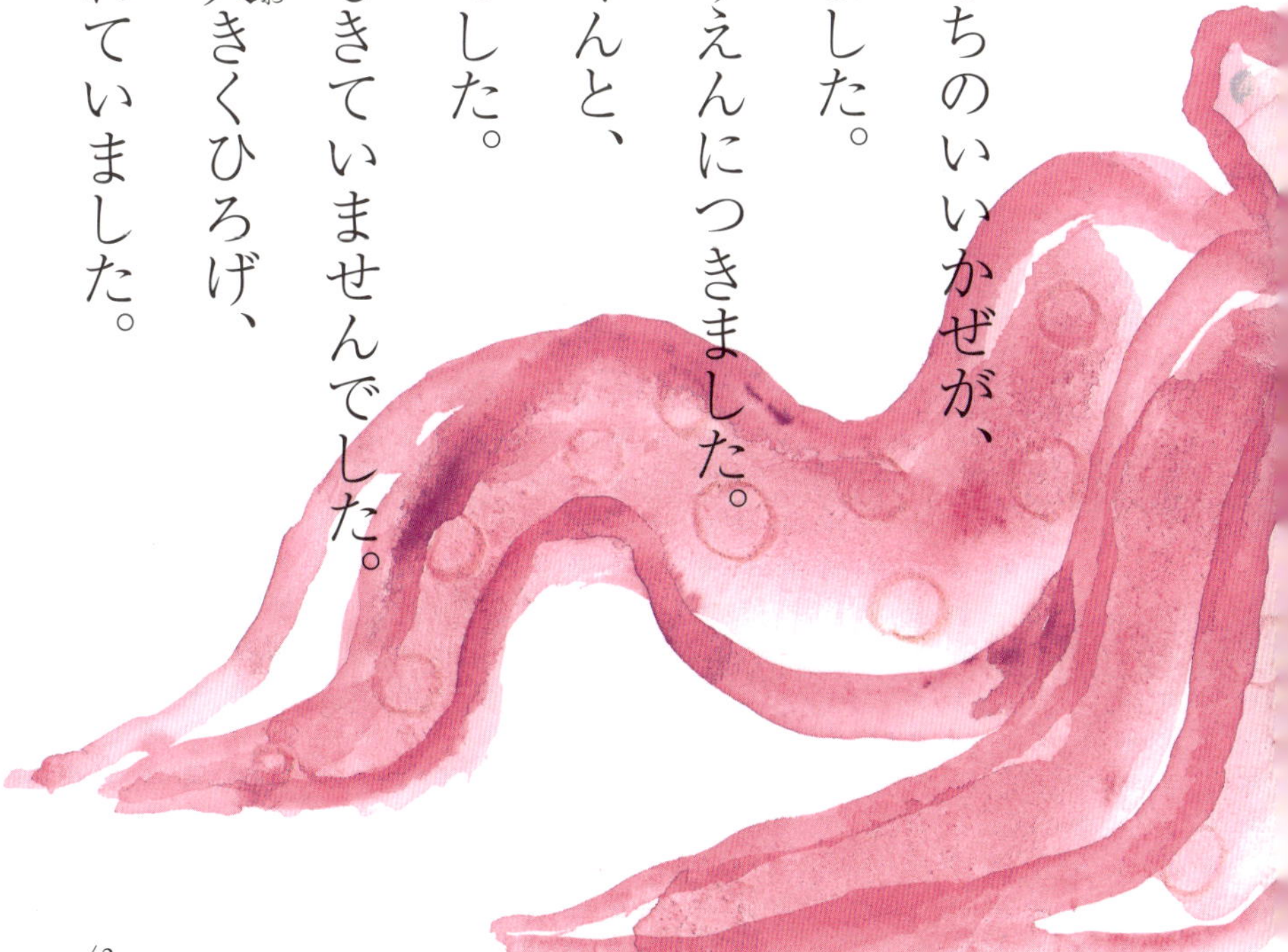

こうえんに　わたしひとり。そうおもったら、なんだか
おかしくなりました。ふふ、ふふふ。
わかばは　くつとくつしたをぬぎました。そして、ゆっ
くりとかいだんをのぼりました。たこすべりだいのてっぺ
んからこうえんを見《み》まわすと、なみがひろがっていくよう
でした。
足《あし》をのばし、いっきにすべりました。
ひゅん。
かぜが耳《みみ》もとでうなりました。

「ひゃっほー!」

おもわずこえがでました。

二本《にほん》めのかいだんをのぼります。こんどは、りょう手《て》をたかくあげてすべります。

しゃしゃ、しゃしゃあん。

なみしぶきが　とびちったようです。しおのかおりもただよいます。

三本《さんぼん》めは　とびきりふとくてながい足《あし》です。いちど大《おお》きくまがってから、なみのりするみたいにからだがういて、とん、としずみました。

ひゅっひゅーん、しゃーん。

そのとたん、わかばのからだは、そらたかくとびだしていきました。

「ひゃっほー!」

ぐるん、ぐるん。

ぐるんぐるん、すとん。

わかばがとばされたところは、海《うみ》のなかでした。どうしてそれがわかったかというと、わかばの目《め》のまえを、赤《あか》やき色《いろ》のさかなが　およいでいったからです。

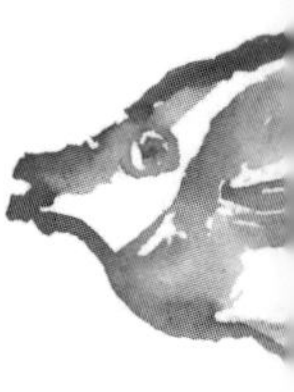

ふしぎなことに、いきがちっともくるしくありませんでした。目《め》だっていたくはありません。はじめて海水浴《かいすいよく》にいったときは、あんなに　はながつーんとなったし、あんなに　目《め》をあけていられなかったのに、です。

「わたし、どうなっちゃったのかしら」

わかばは　ぐるっと海《うみ》のなかを見《み》まわしました。たいよ

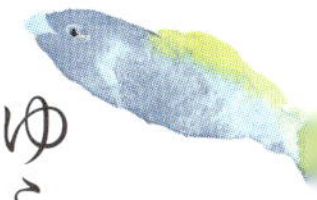

うのひかりが　ゆらゆらゆれながら、まぶしくふりそそいでいました。
そこでわかばは、海《うみ》のなかをさんぽすることにしました。海《うみ》のそこのすなが、はだしの足《あし》のうらを　くすぐりました。
「海《うみ》のなかって、気《き》もちがいいのね」
手《て》も足《あし》も、海《うみ》のなかでは　ゆうらりふわりとうごきました。なんだか、海《うみ》がだっこしてくれているようでした。

ふうわりゆらりとあるいていたら、足《あし》もとですなけむりがあがりました。そしてそのなかから、すなとおなじ色《いろ》をした、ぺっちゃんこのさかながでてきました。

「ふふ、ヒラメね。おにいちゃんがもってる　海《うみ》のいきものずかんで見《み》たもの。びっくりさせちゃったね、ふふ」

ヒラメは、手《て》のひらがひらひらするみたいにおよいだあと、すなのうえにまいおりて、ひれをはたはたさせると、すっかりすなにかくれてしまいました。

そのとき、わかばのあたまのうえを、なにか大《おお》きなもの

がとおりました。

　ソラスズメダイのむれでした。一《いっ》ぴきは、三《さん》、四《よん》センチメートルくらいの大《おお》きさですが、かぞえきれないほどたくさんいました。

　まっさおで、おびれだけがき色《いろ》いさかなでした。それが一《いっ》ぴきの大《おお》きな大《おお》きなさかなのように、あっちへおよぎ、こっちへきたりしたあと、海《うみ》にとけるように見《み》えなくなってしまいました。

わかばはまた、さんぽをつづけることにしました。アマモのはやしが　気《き》もちよさそうにゆれています。よく見《み》ると、アカスジモエビがしきりに、ながいはさみをうごかしています。

すなじのつづくむこうに、いわばが見《み》えてきました。わかばは大《おお》きくうでをふって、のんびりゆったり、おどるようにあるきました。

「おーい、こっちだ、こっち」

だれかのこえがしました。

こっち？　わたしにいったの？　わかばは　あたりを見《み》まわしました。

だれもいません。そら耳《みみ》だったのかもしれません。

わかばは　いっぽふみだしました。すると、

「こっちだよ、こっち」

こんどは　はっきりきこえました。けれど、やっぱり、だあれもいません。

「そらそら、こっち」

そこでわかばは　やっと気《き》づきました。

いわばから　なにかがはえてきて、わかばをさそうように、ひいらりくにゃり、おどりだしました。ひとつ、ふたつ、みっつ、よっつ……。

それはたこの足《あし》でした。たこはいわとおなじ色《いろ》をして、おまけにごつごつしていたので、わからなかったのです。

たこは海《うみ》のにんじゃでした。ごつごつのからだを、ふるん、とふるわせたら、まだらもようと　とげとげがすうっときえて、ふつうのたこになりました。

「まってたんだよ、わかばちゃん」

とたこはいい、足《あし》の一本《いっぽん》をだしました。

「どうしてわたしのなまえ、しってるのよ」

わかばは　はんぽうしろにさがりました。それからりょう手《て》をうしろにまわしました。

「あれえ。いつもこうえんにくるじゃない」

「こうえん？」

「おにいちゃんたちがすべるの、うらやましそうに見《み》てる」

「じゃあ、あなた、たこすべりだい？」

「そ。すべりだいのたこ」

たこはそういって、すべりだいのかっこうをしてみせました。

「すべりだいになってるときは、もっと大《おお》きいけどね」

「たこがどうして、こうえんにいるのよ」

「はなせば、ながくなる。はなさなきゃ、すぐにあそべる」

はい、あく手《しゅ》、とたこにいわれ、わかばはよくわからな

いままたこの足《あし》とあく手《しゅ》しました。
海《うみ》にむかって、たこが大《おお》きなこえでよびかけました。
「おーい、あそびたいもの、この足《あし》とまれ」
すると、どこからともなく、海《うみ》のいきものたちが　あっちからそっちからあつまってきて、たこの足《あし》にとまりました。

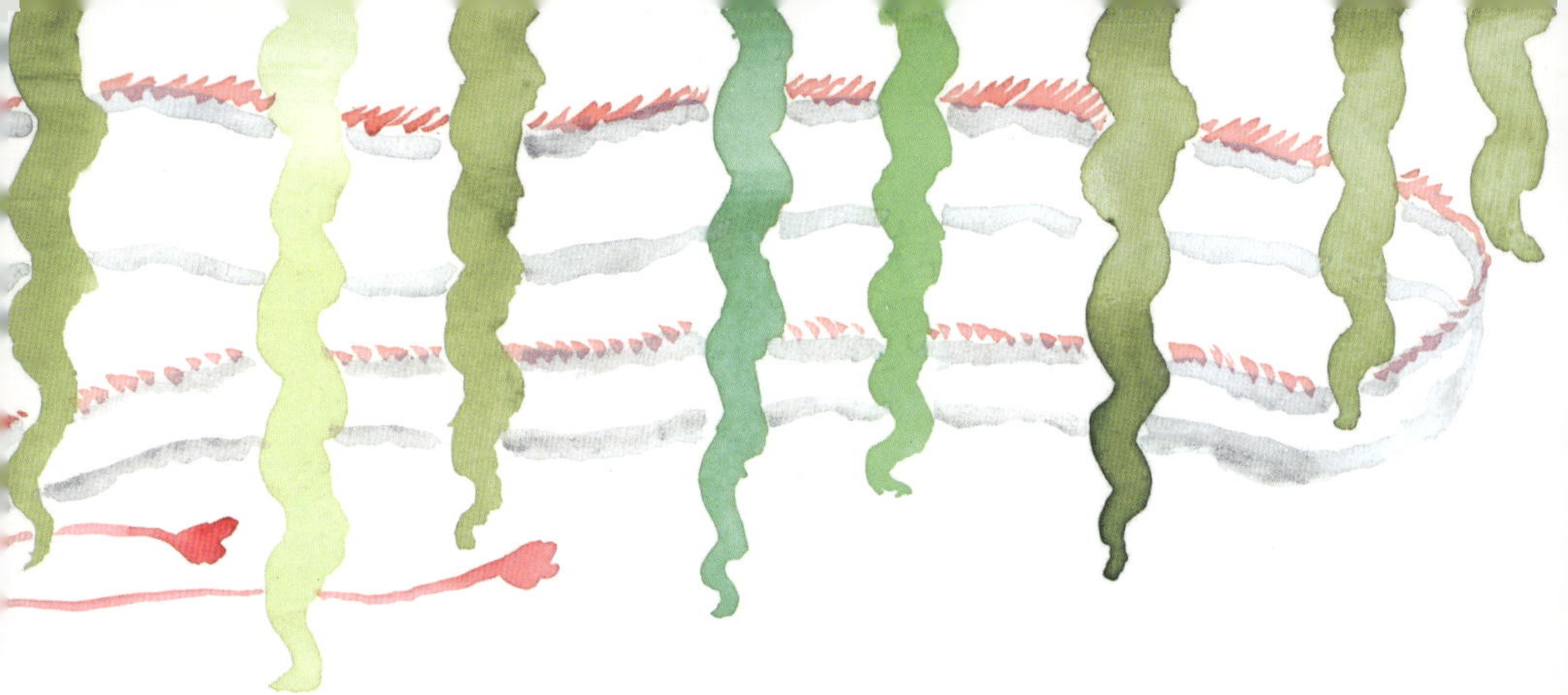

チョウチョウウオにタツノオトシゴ、カクレクマノミにタコノマクラ。リュウグウノツカイまでいました。

どれもこれも、わかばは海《うみ》のいきものずかんで見《み》てしっていました。けれど　いま目《め》のまえにいるのは、しゃしんではありません。ほんとうの、海《うみ》のいきものたちで

した。

さて、まずはかくれんぼをすることになりました。おには　たこ。みんな、いっせいにかくれはじめました。わかばはそのようすをじっと見《み》ていました。

チョウチョウウオは　き色《いろ》の、カクレクマノミは　赤《あか》のサンゴにかくれました。

タコノマクラはすなにもぐり、タツノオトシゴはいわにしっぽをまきつけました。

リュウグウノツカイはからだをまっすぐにのばし、うえのほうにうかびました。

みごとに　みんなかくれました。たこが四十三《よんじゅうさん》、四十四《よんじゅうよん》……とかぞえています。わかばは　いそいでアマモのはやしにかくれました。

だれがおにになっても、それぞれ、いつもおなじばしょにかくれました。そしてそのうち、みんなそのことに気《き》づきだしたので、かくれんぼはおしまいになりました。

かくれんぼのつぎは、たこすべりだいをすべることになりました。たこは　ふるんとからだをふるわせて、大《おお》きなすべりだいにへんしんしました。

そこでわかばは　タツノオトシゴにのってすべり、リュウグウノツカイは　ながいからだをくねらせてすべりました。タコノマクラは　ぺちゃんこの石《いし》みたいなので、するするさらさらすべりました。

たこはつづいて、メリー・ゴー・ラウンドになりました。

チョウチョウウオもカクレクマノミもわかばも、たこの足《あし》さきにすわって、ゆるりくるりとまわりました。

わかばは、いつまでも海《うみ》のいきものたちとあそんでいたいとおもいました。ところが——。

メリー・ゴー・ラウンドの足《あし》をとめて、たこがさけびました。

「気《き》をつけろ！」

たこがのばした足《あし》のさきを見《み》ると、一《いっ》ぴきのさかながこちらにむかってくるところでした。

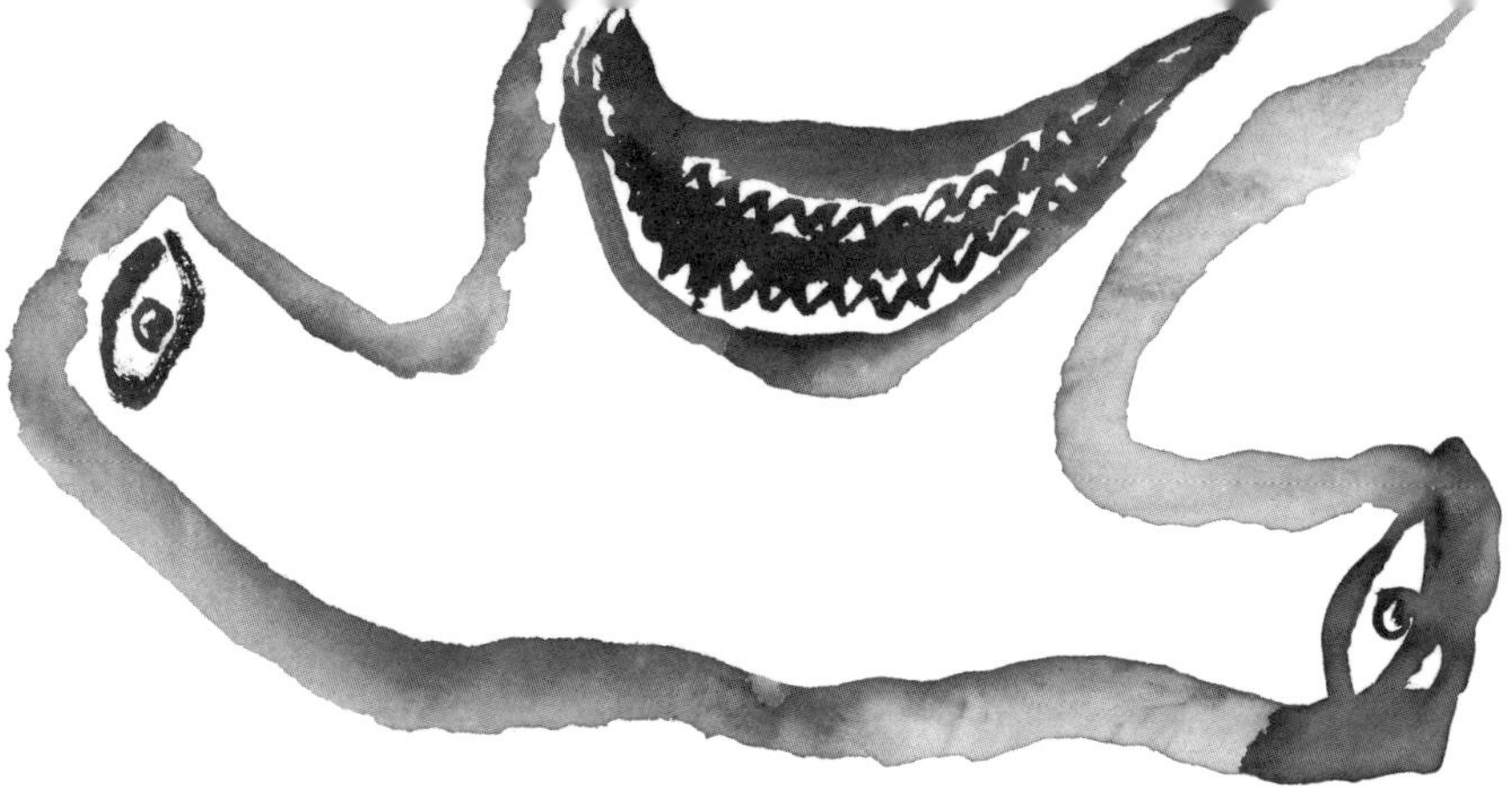

あたりがきんちょうにつつまれました。シュモクザメでした。海《うみ》ぜんたいがびりびりふるえ、なにもかもが　きゅっとみをちぢめました。

海《うみ》のらんぼうものは、とびでた目《め》だまをぎょろりとさせて、とがったおっぽを大《おお》きくくねらせて、だんだんこちらにむかってきます。

「みんな、わたしからはなれないで」

たこは　りんとしていいました。
みんな、足《あし》のあいだにしっかりと
かくれました。
「えい！」
たこは　ひとこえさけぶと、
まっくろなすみをはきました。

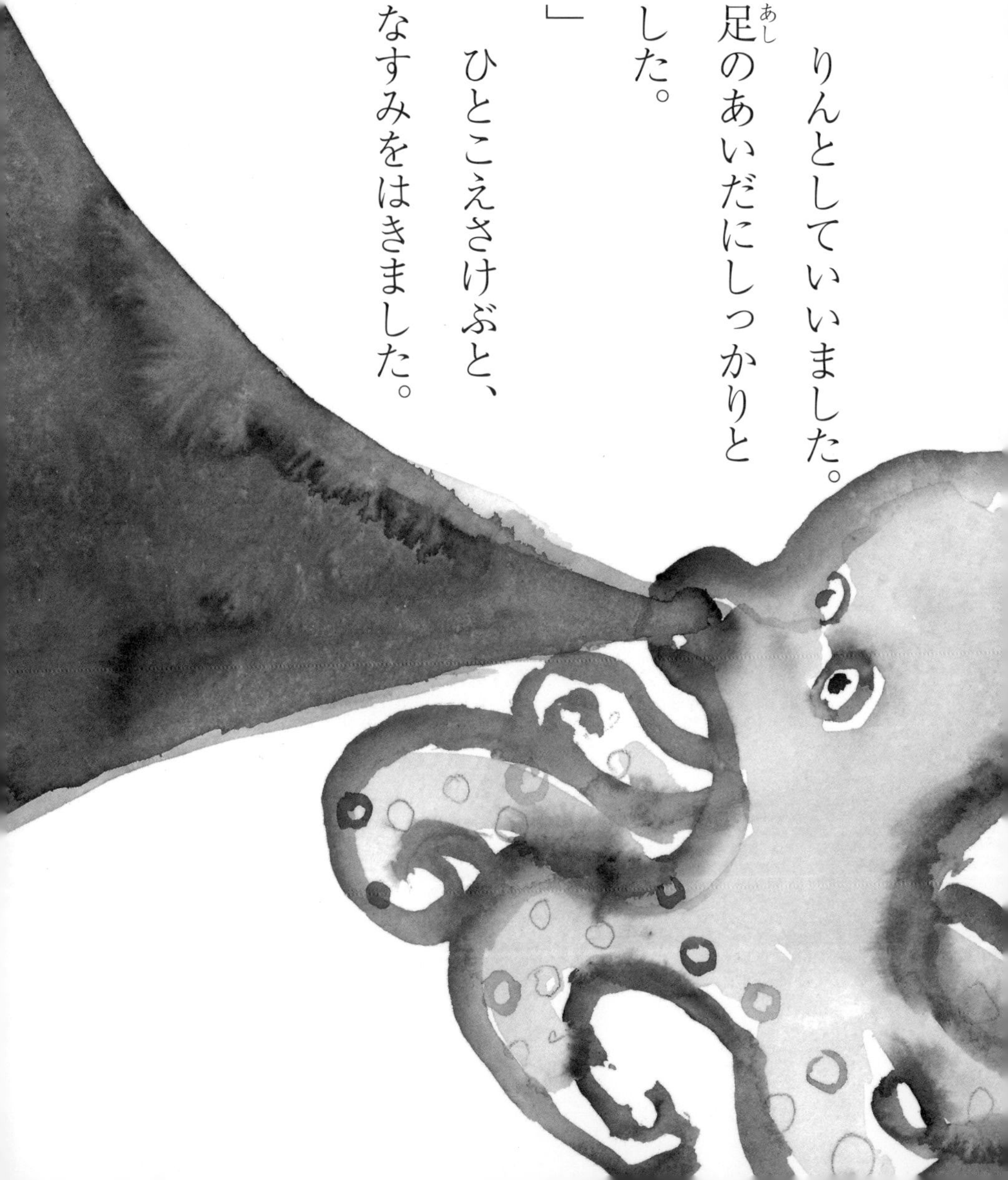

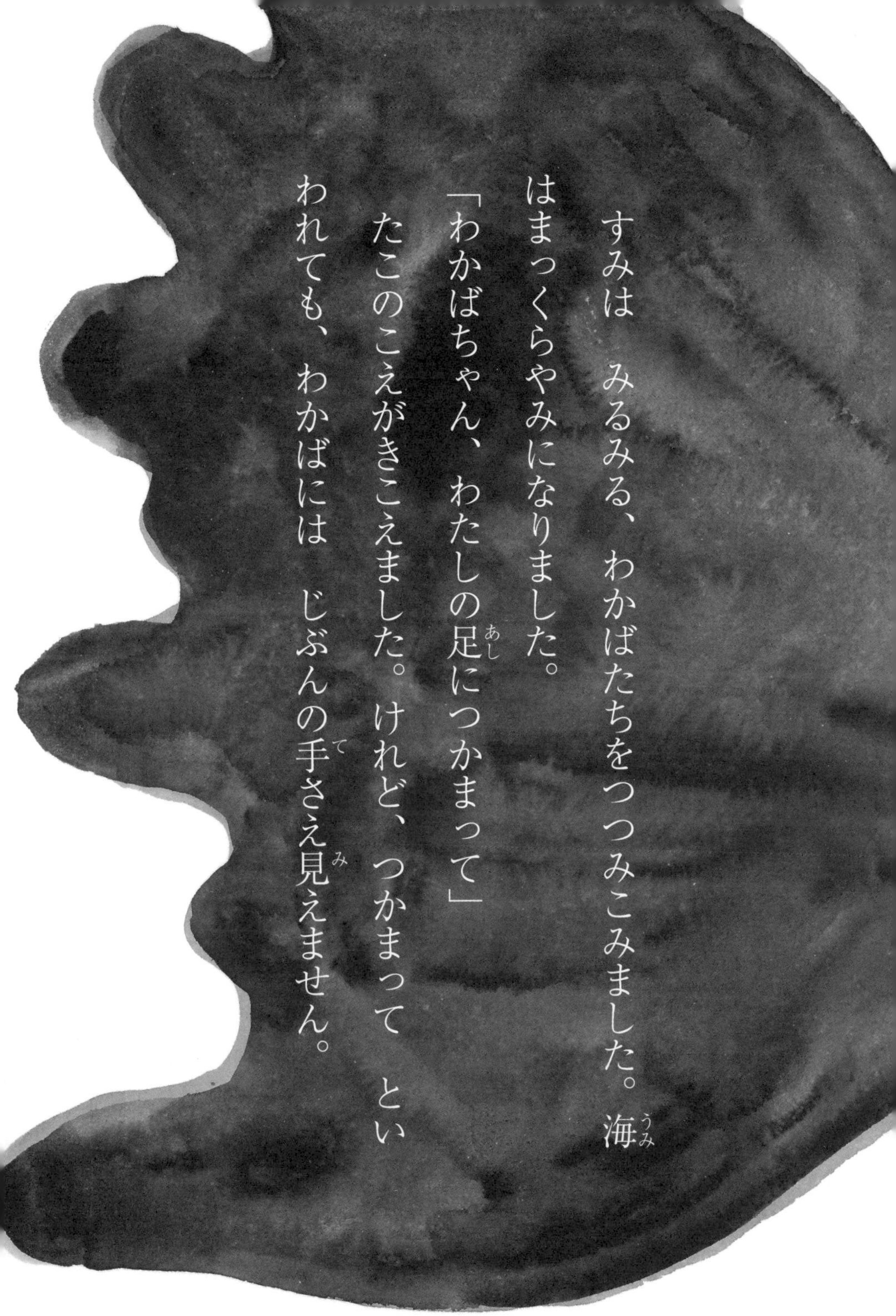

すみは　みるみる、わかばたちをつつみこみました。海《うみ》はまっくらやみになりました。

「わかばちゃん、わたしの足《あし》につかまって」

たこのこえがきこえました。けれど、つかまって　といわれても、わかばには　じぶんの手《て》さえ見《み》えません。

りょう手《て》をひろげ　さぐっていたら、たこの足《あし》が　わかばにまきつきました。きゅうばんが　ぴったりからだにすいつきます。

「またこんど、いっしょにあそぼう」

たこがそういったとたん、わかばは　おもいきりなげとばされました。

ぶんぶん、びゅーん！　二《に》かいてん、三《さん》かいてん、四《よん》かいてん。

「ひゃっほー！」

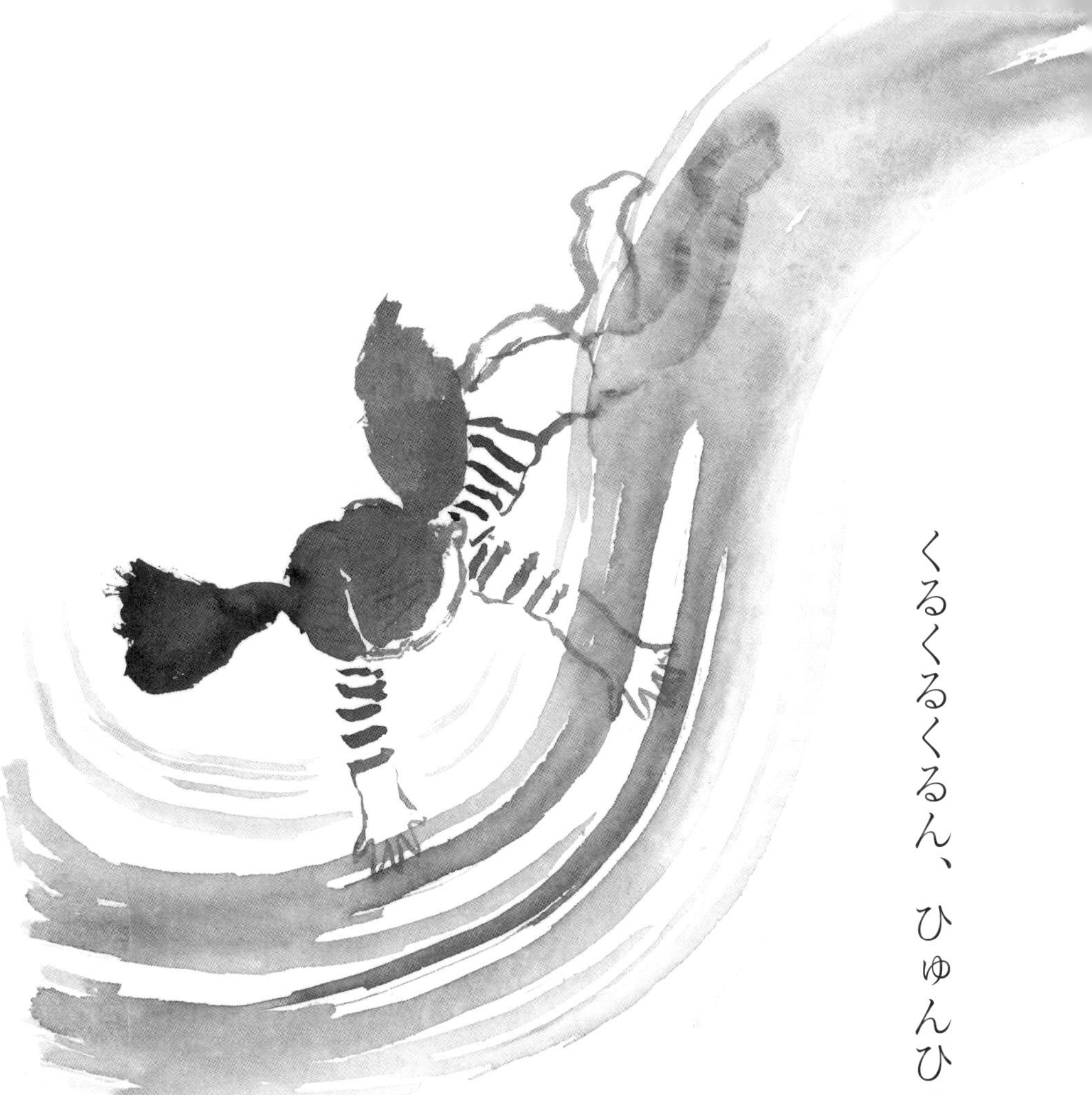

くるくるくるん、ひゅんひゅん、ひゅーん。

しゅー、すとん。

わかばは　ぎゅっと目《め》をつむったまま、はなからいきをはきだしました。そして、からだぜんぶを耳《みみ》にしました。

みんな、だいじょうぶだったかしら。シュモクザメはもういなくなったかな。耳《みみ》をすまし、海《うみ》の音《おと》をききとろうとしました……。

どこか、うんとおくのほうから、なにかの音《おと》が　きこえてきます。わかばは　大《おお》きくいきをすいこみました。

かわいたすなのにおいがしました。そよかぜが　はなをくすぐりました。まぶたのうらがわが　もやもやあたたかくなって、あかりがともったようになりました。

すると、なにかの音《おと》が　はっきりときこえてきました。

それは、はなしごえでした。

わかばは　そろりそろり、目《め》をあけました。のばした手《て》のさきに、じめんが見《み》えました。海《うみ》のすなではありません。そこはあそびなれたいつものこうえんで、わかばは　あたまから　たこすべりだいをすべりおりていたのでした。

大《おお》きい子《こ》たちが四人《よにん》、こっちへちかづいてきます。おにいちゃんもいます。

わかばはたちあがり、くつとくつしたを手《て》にもつと、まんぞくそうなかおをして、たこすべりだいをはなれました。

「またこんど、いっしょにあそぼう」

わかばの耳《みみ》のおくで、
あのこえがひびきました。

たぬきがくるよ

たぬきがこわくなったのは、わかばが『かちかちやま』の絵本《えほん》をよんでもらってからのことでした。

わかばは絵本《えほん》をじぶんでよむのもすきでしたが、おにいちゃんによんでもらうのは　もっとすきでした。じぶんでよむときは文字《もじ》を目《め》でおっていかなくてはなりませんが、よんでもらうときはとっぷりと、おはなしのなかに　はいりこむことができました。

おばあさんをだましたたぬきは、せなかに火《ひ》をつけられて、やけどのくすりだと　とうがらしのこなをぬられ、さいごには　どろのふねごと川《かわ》にしずんでしまいます。

「たぬきは、おばあさんをばばじるにしてたべてしまったんだから、しかたないよな」

と、絵本《えほん》をよみおえたおにいちゃんはいいました。

はじめてよんでもらったとき、どろのふねにまんまとのせられてしずんでいったところでは、わかばもたしかに、うさぎにはく手《しゅ》をおくりました。やっつけられるたぬきのことを、むねのすく気《き》もちでながめていました。

なのに、なんどかよみかえしてもらっているうちに、たぬきのせなかが火事《かじ》になったところでは、わかばのせなかもぼうぼうとあつくなりました。とうがらしをぬりこまれるばめんでは、ひりひりしてなみだがでてしまいました。

「たぬきは　じごうじとくだからな」

おにいちゃんは絵本《えほん》のたぬきを指《ゆび》さしてわらいました。

「ジゴウ、ジトク？」

「そ。わるいことをすれば、じぶんも　おなじようなめにあうってこと」

わかばは　たぬきをわらえませんでした。いくらジゴウジトクだからといって、せなかに火《ひ》をつけられ、とうがらしをぬられ、どろのふねごとしずんでいく、だなんて。

だからもう、『かちかちやま』をおにいちゃんによんでもらわないようにしよう、とおもいました。

本《ほん》のせなかの文字《もじ》が見《み》えただけでこわいので、文字《もじ》がおくになるように、本《ほん》だなにしまいました。

しばらくのあいだ、わかばは『かちかちやま』もたぬきのことも、わすれることができました。

日《にち》よう日《び》でした。

「おひるごはんはどっちがいい？　おそばか　おうどんにしようとおもうんだけど」

と、おかあさんがたずねました。

「おとうさんはそばだな」

よんでいるしんぶんから、おとうさんがかおをのぞかせました。

「ぼくもそばがいい」

おにいちゃんは、どんぐりでつくったやじろべえを、ひとさし指《ゆび》にのせていいました。

「おかあさんはおうどん。もちろんどっちも、おだしのたっぷりしみこんだおあげいり」

わかばはどっちがいい？　とおかあさんがたずねました。

おかあさんのつくるおあげは
あまくって、おだしとおしょう
ゆが　ふくふくとしみこんでい
ます。おもいだしただけでも、
口《くち》いっぱいに　そのあじがひろ
がります。
「わたしもおかあさんとおなじ、
きつね」
なにげなくわかばがいうと、

おにいちゃんがすかさずいいました。

「ぼくらはたぬき！」

だれも気《き》づきませんでしたが、わかばはびくりとしました。うさぎにかちかち火《ひ》をつけられて、せなかがぼうぼうもえだしました。

わかばは、おにいちゃんたちのたべる　たぬきそばを見《み》ないようにしました。左手《ひだりて》でおうどんのはちをもって、かおを　はちにくっつけるようにしてたべました。

いつもなら、おつゆをさいごの一《いっ》てきまでのみほしてしまうのに、なかなかのどをとおりませんでした。たっぷりおだしのしみこんだきつねうどんは、ちっともおいしくありませんでした。

そのときからです。「たぬき」ということばをきくと、わかばは　くびをすくめるようになりました。

これは、ジゴウジトクではなくて、ジョウケンハンシャといいます。おにいちゃんに　おそわりました。

犬《いぬ》にごはんをやるとき、いつもベルをならします。そしたら、ベルの音《おと》をきいただけで、犬《いぬ》はごはんがもらえると

おもいます。そしてそのたびに、よだれをたらすようにな
ります。
ベル↓ごはん↓よだれ、
ベル↓ごはん↓よだれ。

これがジョウケンハンシャです。

「たぬき」はわかばのジョウケンハンシャです。
たぬき➡ジゴウジトク➡びくっ、
たぬき➡ジゴウジトク➡びくっ。

そのことに気《き》づいたのは、おにいちゃんでした。

「わかば。『かちかちやま』をしらないか?」

「……さあ。しらない」

「本《ほん》だなに見《み》あたらないいんだよな」

と、おにいちゃんが　ひとさし指《ゆび》で本《ほん》のせなかをなぞりながらいいました。そして、なにこれ、と指《ゆび》をとめました。

「どうしてだろ。本《ほん》が　はんたいむきにはいってる」

おにいちゃんはとうとう、『かちかちやま』をさがしあててしまいました。

「よんであげようか、わかば」

「きょうはいい。なんどもよんでもらったもん」

わかばが　本《ほん》を見《み》ないようにしていいました。

「おもしろい本《ほん》は、なんどよんでもらっても　おもしろいぞ」

おにいちゃんがわかばのしょうめんにきて、本《ほん》のひょうしをつきだしたので、おもわずわかばは　のけぞりました。

「ひっ」

「あ、わかば。こわいんだろ、これ」

おにいちゃんが　にいっとわらいました。それから、ほら、といってまた本《ほん》をつきだしました。

ひょうしには、かやのたばをしょったたぬきのせなかに、うさぎがかちかちと火《ひ》をつけているところが　かかれています。

「こわくなんか、ないもん」

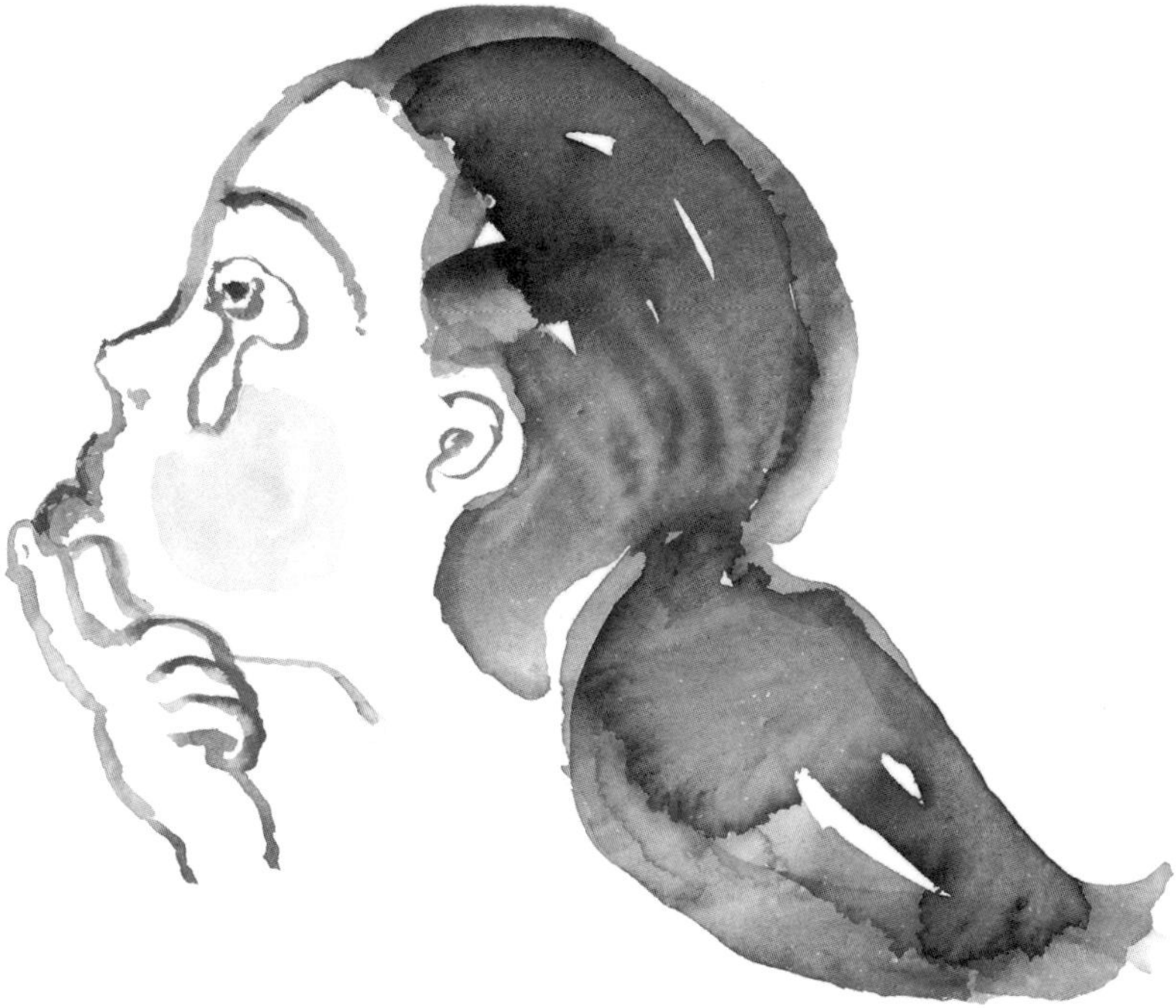

「なんかっていうのは、
こわいしょうこ」
「こわく……ないもん」
したくちびるをむっと
めくったとたん、わかばの
目《め》からなみだのつぶが
おちました。
「ほら、やっぱりこわい」

たぬきがこわい、というのではありません。うさぎになんどもひどいめにあわされて、どろのふねごと川《かわ》にしずんでしまったたぬきが……。どういえば、わかばの気《き》もちがせつめいできるのでしょう。

「たぬきがくるよ」とおにいちゃんがいうだけで、わかばは、くびをかめみたいにすくめました。そうしたら、おにいちゃんは　なおのことおもしろがって、「たぬきがくるよ」とわかばにつめよりました。

おにいちゃんにいわれるたび、たぬきはりょう手《て》をひら

き、うしろ足《あし》でたちあがり、えっちらおっちら、わかばにむかってくる気《き》がしました。

「たぬきがきたよ。よばれてきたよ」

わかばがぎゅっと目《め》をつむるとたぬきはきえました。たぬきなんかくるわけがないのに、やってきてはきえました。

本《ほん》だなに『かちかちやま』があるかぎり、「たぬきがくるよ」とおもしろはんぶんにいわれます。からかわれているとわかるのに、くびがかってにちぢみます。こうなったら、本《ほん》をかくしてしまうほかはありません。

かんがえてかんがえて、わかばは　いいことをおもいつきました。

わかばにこわいものがあるように、おにいちゃんにだって　にがてなものがありました。それは、おしいれです。

おにいちゃんが　がっこうにあがるまえ、わかばがまだうんと小《ちい》さいときで、そのときのことはおぼえていませんが、わかばのかってもらったりすのぬいぐるみを、おにいちゃんが　とりあげてしまったことがありました。

おにいちゃんは「ごめんなさい」をいいませんでした。いうまでおしいれにはいってなさいと、おかあさんにしかられました。

まっくらなおしいれで、えっぐえっぐなきながらも、おにいちゃんは「ごめんなさい」をいわなかったそうです。

そのことがあっていらい、おにいちゃんは　おしいれがにがて。だから、おにいちゃんのもちものはぜんぶ、つくえとベッドのまわりにおいてあります。

わかばは『かちかちやま』をおしいれにかくすことにきめました。どうしてもっとはやく気《き》づかなかったんだろう。おにいちゃんはまだがっこうからかえってきていません。

わかばは　ひょうしの絵《え》を見《み》ないよう、『かちかちやま』を本《ほん》だなからぬきだしました。うでをつっぱらせ、できるだけ　からだからはなしました。そしておしいれのふすまをあけました。

おしいれには、わかばのおもちゃばこがありました。このなかにかくせば、おにいちゃんは　ぜったいにさがしっこありません。そうしたらきっと、「たぬきがくるよ」といわれても、かんじんのたぬきは　おもちゃばこのなかです。おしいれからは　でられっこありません。

わかばは　左手《ひだりて》に本《ほん》をもったまま、右手《みぎて》だけでおもちゃばこのなかみを　とりだしていきました。

りすのぬいぐるみにエリカちゃんにんぎょう、どんぐりのやじろべえにたこのハッちゃん、二《に》十《じゅう》四《よん》色《しょく》おりがみ。わかばがすっぽりはいれるくらいのおもちゃばこから、でてくるでてくる、おもちゃにおもちゃ。

からだをのりだして、そこのほうのおもちゃをとりだそうとしたときでした。

だれかにせなかをおされました。たしかにだれかに、とん、とおされました。

あ——。

てんこてんこてん　てんこてんこてん
わたしをよんだの　だれかしら
てんこてんこてん　てんこてんこてん

うすくらがりのむこうで、なにかが小《ちい》さくひかっていま
す。そのぼんやりしたあかりがだんだん大《おお》きくなって、か
たちがはっきりと見《み》えるようになってきました。
りょう手《て》をひろげ、右《みぎ》に左《ひだり》にはねながら、わかばのほう
にむかってきます。てんこてんこてん、てんこてんこてん。

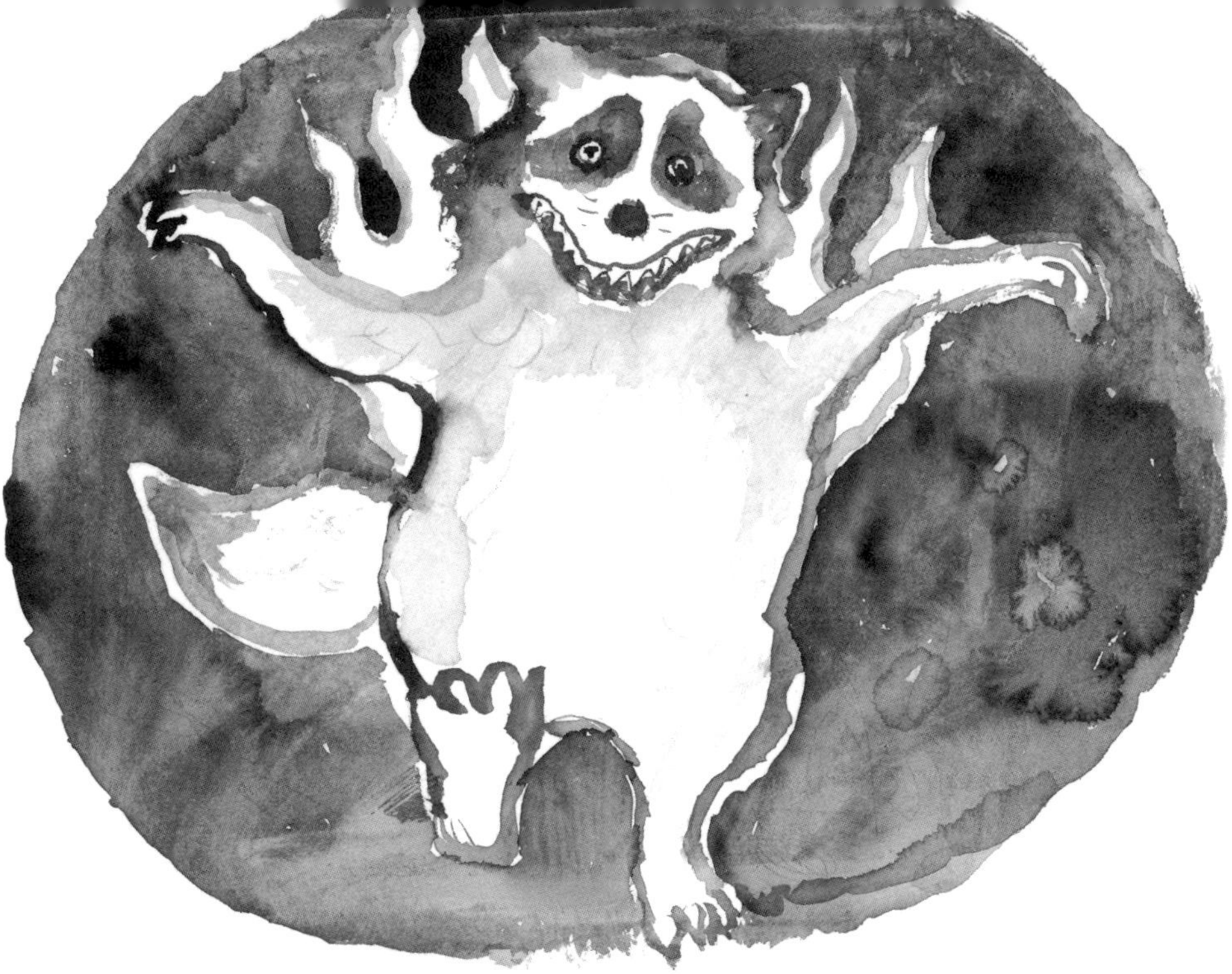

てんこてんこはねている
のはたぬきでした。
とっさに、たぬきを見《み》
ちゃいけない、とわかばは
おもいました。りょう手《て》を
かおのまえにもってきて、
指《ゆび》を目《め》にあてました。
「きたよきたよ、たぬきが
きたよ」

目《め》かくしで　たぬきは見《み》えなくなりましたが、まだこえがきこえます。きたよきたよ、たぬきがきたよ。

わかばは　おや指《ゆび》をうごかすと、耳《みみ》のあなをつよくふさぎました。これならなにも見《み》えないし、なにもきこえません。このまま　とおりすぎてくれるのをまつばかりです。

（だれもたぬきさんをよんでいません。だから、はやくどこかへいってください）

とんとんとん、とだれかが　わかばのかたをたたきました。たぬきにちがいありません。わかばはじっと石《いし》になりました。

(たぬきさん、ここにはだれもいません。気《き》のせいです。

だあれもいません)

わかばのはなさきに、なまあたたかい　いきがかかりました。たぬきが目《め》のまえにいる……とおもったとたん、はなをぺろんとなめられました。

(ひえっ)

わかばは小指《こゆび》をそろそろとはなにもっていって、ふたつのあなをふさぎました。

（たぬきさん、ほんとうのほんとうに、だれもいません）

しいんとしています。

わかばは　いきがくるしくなってきました。たぬきに気《き》づかれないよう、石《いし》になったまま、そうっといきをはきだしました。

しばらくそのままのかっこうでいましたが、もうだめでした。がまんのげんかいです。

わかばは　小指《こゆび》をはなからだし、おや指《ゆび》を耳《みみ》からはなし、のこり六本《ろっぽん》の指《ゆび》を目《め》からはずしました。あんまり力《ちから》をいれ

ていたので、目《め》も耳《みみ》もはなもいたくて、あたまがくらくらしました。

「なにやってんのさ、わかばは」

そういったのは　おにいちゃんでした。まだあたまがふらふらします。

「かたをたたいたらさ、ひって、おもちゃばこのなかにあたまからとびこんでさ」

わかばは　おもちゃばこのなかから、へやにいるおにいちゃんを見《み》ていました。おしりのしたに、絵本《えほん》のあるのがわかりました。

「目《め》も耳《みみ》もはなもふさいで、いったいそれはなんのおまじないなのさ。おかしいの」

「なんでもない」

「なんでもなくなんか、ないだろ」

「おかたづけしてただけだもん」

「そんなところにいつまでもはいっていたら――」

おにいちゃんは　かおをぐっとちかづけると、わかばをおどかしました。

「たぬきがくるよ」

「こないもん」

おしりのしただもん、とわかばはおもいました。もうにどとこないもん。

「そんなことよりさ、おにいちゃん」

と、わかばはおしいれを見《み》まわしました。

「おしいれがこわくないの？」

「おしいれ？　こわいわけないだろ」

「だって……」

「あれは、わかばよりも小《ちい》さかったときのことじゃないか。いまは　おにいちゃんだからな」

おにいちゃんは　なんでもないようにそういいました。

わかばは、ふうん、そういうものなんだ、とおもいました。そういえば、「たぬきがくるよ」といわれたとき、

「こないもん」とすぐにいいかえせました。たぬきはもうにどとこない、とたしかにおもいました。

ふうん、そういうものなんだ、たぬきもおしいれも。

高科《たかしな》 正信《まさのぶ》

1953年愛媛県に生まれる。
大阪教育大学教育学部教育学科卒業。
作品に『モモコ』（文溪堂）、
『ぼっちたちの夏』（佼成出版社）、
『オレのゆうやけ』『ふたご前線』『さよなら宇宙人』
（以上、フレーベル館）など。
絵本に『おおきなおおきなさかな』『たまのりおたまちゃん』
（以上、フレーベル館）がある。
日本児童文学者協会会員。

寺門《てらかど》 孝之《たかゆき》

1961年愛知県に生まれる。
大阪大学文学部美学科、セツ・モードセミナー卒業。
第6回日本グラフィック展大賞受賞。
著書に『Holy Basil』（青土社）、
『ANGEL ROSE JEWEL BOAT』（風濤社）など。
絵本に『ぼくらのオペラ』（イーストプレス）、
『おんなのしろいあし』（文：岩井志麻子　岩崎書店）、
『猫とねずみのともぐらし』（文：町田康　フェリシモ出版）他。
神戸芸術工科大学教授。

たぬきがくるよ

2015年8月1日　第1刷発行

作＝高科正信
絵＝寺門孝之
デザイン＝細川 佳
発行者＝落合直也
発行所＝BL出版株式会社
〒652-0846
神戸市兵庫区出在家町2-2-20
TEL 078-681-3111
http://www.blg.co.jp/blp
印刷・製本＝丸山印刷株式会社

Printed in Japan
NDC913 111P 22×16cm
ISBN978-4-7764-0727-0 C8393

本作品の「どんぐりころりん」は2008年10月、「たこすべりだい」は2007年12月、神戸新聞朝刊の「おはなしの森」に連載した作品をもとに、大幅に加筆修正したものです。

たのしさキラリ
おはなし いちばん星

絵本から読みものへの架け橋となる、低学年向けシリーズです。

既刊

魔女のシュークリーム
作・絵●岡田淳

シュークリームがだいすきなダイスケのもとに、魔女に『いのち』をにぎられた動物たちがあらわれて言った。「百倍の大きさのシュークリームを食べてもらいたい」

にじ・じいさん　にじは　どうやってかけるの？
作●くすのき しげのり　絵●おぐら ひろかず

「にじが、かかりますように。一年二くみ（そらのにじ子）」―にじ子のたんざくのおねがいをみた白ハトのクルルは、山奥にすむ　にじ・じいさんに会いに行きます。

やあ、やあ、やあ！　おじいちゃんが　やってきた
作●村上しいこ　絵●山本 孝

あさ、先生が、転校生をつれてきた。「やあやあやあ。みなさんこんにちは」　なんと、うちのおじいちゃんだ。しかもとなりのせきに、やってきた！

かあさんのしっぽっぽ
作●村中李衣　絵●藤原ヒロコ

和菓子屋をしている結衣の家では、かあさんは忙しく、結衣の話を聞いてくれません。結衣は、昔話のようにかあさんはキツネに食べられたのかも、と思い始めます。

ハカバ・トラベル　えいぎょうちゅう
作●柏葉幸子　絵●たごもり のりこ

学校がえり、まことが商店街のはずれにある旅行社をのぞいていると、突然ゆうれいがやってきた。なんとここは、ゆうれいに旅行をさせる「ハカバ・トラベル」だった！

たぬきがくるよ
作●高科正信　絵●寺門孝之

お兄ちゃんとどんぐりひろいに行ったわかばは、どんぐりの絵を描いたという大きなリスと出会い…。不思議で楽しい世界に迷い込むわかばを描いた短編集。

ぞくぞく刊行予定

よるのとしょかん　だいぼうけん
作●村中李衣　絵●北村裕花

ぼくはぬいぐるみのくまきち。とおるくんは、ぼくをとしょかんのおとまりかいに送り出した。その夜、あばれぐまのジャンボンが本からぬけだし…。

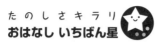